LE PETIT
ALSACIEN

POÈME

PAR

ÉMILE BERGERAT

PRIX : 50 CENTIMES

PARIS

ALPHONSE LEMERRE, ÉDITEUR

47, PASSAGE CHOISEUL, 47

—

1871

LE PETIT ALSACIEN

DU MEME AUTEUR

Poèmes de la Guerre, 1 vol. in-18.

Père et Mari, drame en trois actes, 1 vol. in-18.

@

PARIS. — J. CLAYE, IMPRIMEUR, 7, RUE SAINT-BENOIT. — [878]

LE PETIT ALSACIEN

POËME

PAR

ÉMILE BERGERAT

PARIS

ALPHONSE LEMERRE, ÉDITEUR

47, PASSAGE CHOISEUL, 47

—

1871

LE PETIT

ALSACIEN

A MON AMI ALFRED DUMAS

I

Le petit Alsacien a sanglé sa besace ;
Il part. Il a quinze ans. L'enfant quitte l'Alsace...
Au tournant de la route un antique tilleul
Ouvre, en le parfumant, le chemin qu'il va suivre.
Et sa mère lui coud quelques pièces de cuivre
Dans un gilet à fleurs, reliques de l'aïeul.

II

L'enfant taille un bâton sur le seuil en silence...
Par instants, du milieu des toits aigus, s'élance
Une cigogne aux pieds pendants... C'est le matin.
Tout chante, reverdit, s'embaume et s'illumine,
Et dans la brise d'Est grince sur la chaumine,
Avec un bruit criard, la girouette d'étain.

III

Au sommet du coteau que couronne l'église,
Dans la brise, une voix éclate, tyrolise
Et tourmente l'écho. Des soldats attablés
Fument nonchalamment la pipe en porcelaine
Et regardent, sans voir, s'élargir dans la plaine
Les ondulations indolentes des blés.

IV

Or ce sont des Danois annexés que l'on mène
En l'étourdissement de la tuerie humaine
Contre la France, amie et sœur du Danemark.
Sur la place, de long en large, roide et rogue,
Parade un chef prussien de Prusse. C'est ce dogue
Qui conduit ce bétail aux ordres de Bismark.

V

Çà et là des poulets picorent dans la paille.
La mère de l'enfant songe : Allons, qu'il s'en aille,
Il le faut ! Mais pourtant, à cet âge, quinze ans,
Ils n'ont pas, comme on dit, toute leur plume encore !
Et dès le bord des nids l'immensité dévore
Les petits des oiseaux et ceux des paysans.

VI

Et puis quitter l'Alsace ! — Ah ! sol de la patrie,
Limon dont notre chair immortelle est pétrie,
Comme le corps t'adhère et comme tu nous tiens !
Proscrire est d'un tyran, s'exiler est d'un traître !
La poussière des morts qui revit dans notre être
Résiste à tous les cieux qui ne sont pas les siens.

VII

Mais on n'a pas le droit d'être vaincu ! La terre
Est femelle : son sein attire l'adultère,
Et l'Alsace est en proie au fort bouvier. — « Tu sais,
Mikel, a dit la mère au pauvre petit homme,
Tu n'as plus de patrie, ou du moins c'est tout comme,
Et l'on n'est Alsacien que lorsqu'on est Français ! »

VIII

Il veut être Français, l'enfant; c'est son idée.
Dans ce crâne carré la chose est décidée
Irrévocablement. Il verrait à ses pieds
Dieu le Père, son Fils et la Vierge elle-même,
Il leur répondrait : Non! c'est la France que j'aime,
Et j'ai toujours rêvé de suivre nos troupiers.

IX

Voilà pourquoi Mikel, le fils de mie Adèle,
Mikel, l'orgueil du bourg et des gars le modèle,
Qui sait l'Histoire et lit couramment le latin,
Au lieu d'être un jour clerc, et curé du village,
Quitte l'Alsace, et taille un bâton de voyage
Sur le seuil de sa porte, aux lueurs du matin.

X

Mais dans la haute tour du clocher tout s'ébranle.
Le vitrail secoué vibre dans son chambranle,
Et l'heure, suspendue aux cils chenus du Temps
Comme une larme, tombe. Et l'Angélus entonne
Son carillon joyeux, tenace et monotone,
Et fend les airs, comme un aviron les étangs.

XI

Et de tous les hameaux de la vallée, à droite,
A gauche, gravissant, l'un, une rampe étroite,
Celui-ci, des sillons, cet autre, des talus,
Les enfants du pays, en veste du dimanche,
Besace au dos, bâton en main, gourde à la hanche,
Montent au rendez-vous sonné par l'Angélus.

XII

Derrière eux, dans le deuil des vieillesses amères,
Vient la procession lamentable des mères,
Et des vieillards, marqués pour l'éternel sommeil.
Et là place s'emplit de ces douleurs muettes ! —
En bas, dans les houblons, des bandes d'alouettes
Traversent en chantant les réseaux du soleil.

XIII

Vers l'horizon blafard où s'ébarbent les cimes
Des forêts, et tremblote au souffle des abîmes,
Comme une ouate d'or, le nuage soyeux,
Tantôt plate, tantôt montante, se déroule
En replis sinueux, mais docile à la houle
Des coteaux, une route éblouissante aux yeux.

XIV

C'est la route de France, hier encor française !
Mais l'Angélus se tait. Regardez : ils sont seize,
Seize petits garçons. Le plus jeune a neuf ans,
L'aîné quinze, c'est lui qui dirige la marche,
Et cette caravane aura ce patriarche !...
Ah ! qui protégera les pauvres chers enfants !

XV

Deux chiens, le col tendu, sont là, flairant l'espace ;
Leur nez bat au parfum du corps ailé qui passe...
Stupidement heureux parmi ces malheureux,
Ivres de course, et fous de grand air, les oreilles
Leur dressent à l'espoir de bondir par les treilles,
Au hasard des plaisirs que les champs ont pour eux.

XVI

Tout à coup, sec et sourd, dans l'air qui vibre encore
Un tambour retentit ; puis un ordre sonore...
Les Danois somnolents, épars sur le préau,
Se dressent : chaque dos aligne son échine,
Et tous ces corps humains ne font qu'une machine
Que, le lorgnon à l'œil, manie un hobereau.

XVII

Ce chef tient à la main un papier qu'il déplie.
— « Ordre du Roi ! dit-il, notre œuvre est accomplie
Soldats du Danemark, je suis content de vous !
Vous avez oublié des injures anciennes ;
Ainsi que vos drapeaux vos âmes sont prussiennes !...
— Mes amis, dit Mikel, mettons-nous à genoux. »

XVIII

L'officier continue : — « Oui, l'Allemagne est une ;
Rendons-en grâce à Dieu, maître de la fortune !
Ainsi que le Sleswig l'Alsace nous manquait ;
De notre cœur royal longtemps aliénée,
L'Alsace désormais est notre fille aînée,
Et la place de droite est pour elle au banquet.

XIX

« Vous lui direz, Danois, sans qu'on vous le commande,
Qu'il est doux d'élargir la patrie allemande
Et que vous connaissez ce bonheur ! Moi, je prends
Le titre d'Empereur que votre amour me donne,
Et s'il est des ingrats encor, je leur pardonne !... »
— Le cri : Vive Guillaume ! éclata sur les rangs.

XX

Mais à peine ce cri fuyait-il dans la nue
Qu'à son tour y montait cette voix ingénue :
« — Toi que nous adorons et nommons le bon Dieu,
Qui parfois nous bénis, parfois nous désespères,
Notre Père, en qui sont les âmes de nos pères,
Au seuil de ta maison nous te disons adieu.

XXI

« Tu nous avais donné l'Alsace, on nous l'a prise.
Des soldats sont venus, dont le Roi te méprise
Et méprise tes lois en invoquant ton nom ;
Ils nous ont dit : Enfants, il faut être nos frères,
Et, quoique séparés par des bords arbitraires,
Vous êtes Allemands ! — Nous, nous avons dit : Non !

XXII

« Alors eux : Choisissez : ici, c'est l'Allemagne,
Riche, puissante, aux mains d'un autre Charlemagne ;
Et là c'est la ruine et l'exil ! — En effet,
Disons-nous ; et chacun se lève et délibère :
« De quel côté sont ceux qui m'ont tué mon père ? »
Et nous nous regardons et notre choix est fait.

XXIII

« Car nous ne savons pas autre chose. Naguère,
Avant que nos esprits s'ouvrissent à la guerre
Et que par le malheur nos cœurs fussent changés,
Les petits Allemands étaient nos camarades,
Et quand il en venait dans nos pauvres bourgades
Nous ne demandions pas s'ils étaient étrangers !

XXIV

« Ils étaient de nos jeux s'ils étaient de notre âge.
Quand l'un d'eux entre tous excellait à l'ouvrage,
La caresse et le prix revenaient à l'un d'eux ;
Privés d'une patrie ils en trouvaient une autre ;
Ils oubliaient leur mère aux baisers de la nôtre,
Et quelques-uns ont dit qu'ils s'en connaissaient deux.

XXV

« Un jour ils sont partis. Nous, tristes, mais sans haine,
Nous les avons conduits à la ville prochaine...
Puis, quelques jours après, leurs pères sont venus,
Roulant des chariots parmi nos houblonnières,
Volant nos bœufs, brûlant nos bois et nos chaumières,
Et dans la bise froide ils nous ont laissés nus.

XXVI

« Si nos parents voulaient prendre notre défense,
Ils les tuaient. C'était, paraît-il, une offense !
Aussi nous sommes tous orphelins. — Adrien,
Dis-nous : Où dort ton père ? — Au fond des étangs sombres.
—Et toi, Frantz ?—Dans les bois.—Toi, Fritz ?—Sous les décombr
—Et toi, Karl ? —Nulle part, le feu ne laisse rien !

XXVII

« — Moi, dit Mikel, le mien fut cloué sur la porte
De sa maison, les bras en croix, de telle sorte
Que les chauves-souris lui mangèrent les yeux.
Je ne sais où ma mère était, mais le dimanche,
Quand elle me revint, sa tête était si blanche,
Que je crus qu'il avait neigé sur ses cheveux.

XXVIII

« C'est pourquoi nous quittons notre patrie antique.
Nous ne connaissons rien, nous, à la politique,
Mais nous ne sommes pas les frères des méchants
Qui mettent l'incendie aux pentes de nos côtes,
Apprennent aux enfants à massacrer leurs hôtes,
Afin de leur voler leur village et leurs champs.

XXIX

« Adieu donc, toits natals! adieu, terre infidèle!
Église, qu'avant nous reverra l'hirondelle,
Rivière, dont l'eau verte a baptisé nos fronts,
Vous tous, que d'un regard la pensée énumère!
Adieu non, au revoir : vous gardez notre mère!... » —
Et tous, ils ont crié : Mère, nous reviendrons!

XXX

O baisers sans poëte! étreintes maternelles
Qui durez un moment et qu'on croit éternelles!
Caresse douloureuse et bonheur étouffant,
Par qui l'âme devient tangible et se dévoile ;
Sainte possession où la chair et la moelle,
Semblent se renouer de la mère à l'enfant!

XXXI

Elles ont embrassé leurs petits, mais sans larmes,
Car les Danois sont là, curieux, sous les armes.
— Mes amis, dit Mikel, me voulez-vous pour chef?
— Oui, disent-ils. — En route, et vive notre Alsace!
Et c'est tout. — Un rayon, allumant la rosace,
D'une chape de feux vêt l'autel et la nef.

XXXII

Les orphelins s'en vont où souffle la vengeance.
Où vont-ils? A l'exil, peut-être à l'indigence!
Dieu le sait! Pêle-mêle, et d'un pas convaincu,
Ils marchent, et leurs chiens jappent dans la bruyère.
Les mères à l'autel vont se mettre en prière,
Ils s'en vont, et monsieur de Bismark est vaincu!

XXXIII

Alors, rompant les rangs, les Danois sans patrie
Sentant pleurer en eux la vision flétrie
D'un passé vénérable et par eux effacé,
Tourmentés du parfum des bruyères natales,
S'efforcent de noyer dans les boissons fatales
Le fantôme sanglant du Sleswig annexé.

LIBRAIRIE D'ALPHONSE LEMERRE

47, PASSAGE CHOISEUL, A PARIS

OUVRAGES RELATIFS A LA GUERRE DE 1870-1871

ET AUX DEUX SIÉGES DE PARIS

PARIS ASSIÉGÉ, par JULES CLARETIE. 1 vol. in-18. . . . . 3 »

LA GUERRE NATIONALE. — Metz & Strasbourg. — Châteaudun. — Coulmiers. — Patay. — Le Mans. — Bitche & Belfort. — L'armée du Nord & l'armée des Vosges. — La Paix de Bordeaux, par JULES CLARETIE, 1 vol. in-18. 3 »

LE CHAMP DE BATAILLE DE SEDAN, par JULES CLARETIE, 1 vol. in-18. . . . . 1 »

DE FRŒSCHWILLER A PARIS. — Notes prises sur les champs de bataille, par ÉMILE DELMAS, 1 vol. in-18. . . 3 »

AUX AVANT-POSTES (juillet 1870, avril 1871), par AMÉDÉE LE FAURE, 1 vol. in-18. . . . . 3 »

SECOND SIÉGE DE PARIS. Le Comité central & la Commune, par LUDOVIC HANS, de l'*Opinion nationale*, 1 vol. in-18. 3 »

HISTOIRE DE LA COMMUNE. Récits journaliers & documents inédits, par AUGUSTE LEPAGE. 1 vol. in-18. . 3 »

LES MEMBRES DE LA COMMUNE ET DU COMITÉ CENTRAL, par PAUL DELION. 1 vol. in-18. . . . . . . 3 50

GUIDE A TRAVERS LES RUINES. — Paris & ses environs, par LUDOVIC HANS & J.-J. BLANC, 1 vol. in-18, avec une carte des environs de Paris. . . . . 2 »

IDYLLES PRUSSIENNES, par THÉODORE DE BANVILLE, 1 vol. in-18. 3 »

POÉMES DE LA GUERRE, par ÉMILE BERGERAT, 1 vol. in-18. . . . . 3 »

LA RÉSISTANCE. — Les Maires de Paris & le Comité central, du 18 au 26 mars, avec pièces officielles & documents inédits, par FRÉDÉRIC DAMÉ, un volume in-18. . . 3 »

LETTRES A UN ABSENT, par ALPHONSE DAUDET, 1 vol. in-18. . . . . 3 »

PARIS. — J. CLAYE, IMPRIMEUR, 7, RUE SAINT-BENOIT. — [878]